親方と神様

伊集院 静

あすなろ書房

イラストレーション
木内達朗

ブックデザイン
城所潤+大谷浩介
(ジュン・キドコロ・デザイン)

まだ町や村のどこかに鍛冶屋《かじや》があった時代の話である。とは言えかれこれ六十年前の少年譜《ふ》ではあるが……。

昭和二十三年十二月。

青煙《あおけむり》峠の全貌がようやく目前に姿をあらわした山径《やまみち》の大曲りで、老人は山に入ってはじめて少年に声をかけた。

「足はえろう（疲れて）はないか」

少年は老人の顔を見上げ、うっすらと額にかいた汗をちいさな白い指で拭《ぬぐ》うと、白い歯をのぞかせて首を大きく二度横に振った。

少年の仕種《しぐさ》からは、自分は元気だというところを見せようとする精一杯の気持ちが伝わってきた。

同じ年頃の子供よりひと回り体軀《たいく》も小柄で、一見ひ弱そうに見える少年だったが、内にひめた意志の強さには老人もこの数ヶ月何度か驚かされていた。

老人と少年は大曲りの山径《やまみち》の脇にある大きな杉の木の下に立ち、勇壮にそびえる青煙峠と、その背後にひろがる中国山地を眺めた。

「ほれ、あれが青煙じゃ。立派な山じゃろうが……」

少年は老人の言葉に大きくうなずいた。

「青煙の右手に頭だけを見せとる山があるじゃろう。そう、あれが冠山《かんむりやま》じゃ。そのむこうはもう日本海になる」

「あそこまで登れば海が見えるんですか」

「ああ見えるとも。今日なんぞはこの天気じゃ、格別に海は綺麗《きれい》じゃろうて」

十二月の中旬にしては珍しく良い天気で空は晴れわたり、峰々の稜線《りょうせん》に霞《かすみ》が立つほど暖かかった。

老人は少年の横顔をちらりと見た。少年の澄んだ瞳に山の青が映っていた。

老人は少年の美しい目が好きだった。

「さあ、昼までに青煙の麓《ふもと》まで行ってしまおう」

老人が言うと、少年は、ハイと元気に答え、山径《やまみち》を先に歩き出した。

老人は少年のうしろ姿を見ながら、

――今日がこの子と一緒に居る最後の一日になるかもしれない……。

と思った。

そう思うと淋《さび》しくもあったが、少年と出逢ってからの数ヶ月、老人は少年からかけがえのないものを与えられた気がしていた。だから、そんな感傷に浸るまいと背中のリュックサックをかつぎ直した。

老人には少年に告げなくてはならないことがあった。

どう話せば、その話を少年が理解してくれるか、ここ数日、彼は考えたのだが、良い術《すべ》は見つからなかった。人生の大半を鋼《はがね》と火だけにむかってきた。五十年余り鍛冶職人として生きてきた老人には、たとえ相手が子供であっても適切な言葉を選んで話ができる自信はなかった。

それでも老人が少年の母と担任教師に、

「わしから話してみましょう」

と承諾したのは、鍛冶屋のことなら何もかもわかっているという自負と、少年のこころを傷付けずに話ができるのは自分以外にないと思ったからだ。

今日、少年を山登りに誘ったのは老人である。

少年と一日山に登ることは老人にとって特別な意味があった。それは彼が鍛冶屋を町で開業してから今日までの五十年間、一日とて鍛冶場の火を消したことがなかったからだ。盆も正月も彼は鍛冶場に出ない日はなかった。それが鍛冶職人だと親方に教えられた。彼はその教えを守り続けてきた。

だが少年のためならそれをした。そうすることしか他に方法は見つからなかった。

今、少年と二人で歩いている山径《やまみち》は、彼が五十数年前、親方と二人で歩いた径でもあった。その径々で親方が少年の彼に話してきかせてくれたことを、今日、彼は少年に話そうと思っていた。

老人が少年に逢ったのはまだ夏の暑さが続く八月の終わりの夕暮れだった。それ以前に少年の姿を見ていたのかもしれないが、老人の記憶の中に少年の姿はおぼろにしかなかった……。

昭和二十三年八月。

ねっとりとした汗が首元から胸板を流れていた。

粘り気のある不快な汗だった。

両肩から掛けた手拭《てぬぐ》いももう生暖かくなっている。茹《う》だるような暑気を感じるのは、風が止まってしまっているせいだけではない。暑さは平気なはずだ。それが先刻から全身がだるくなるような疲労感が襲っている。若い時はこんな感覚はなかった。

仕事の方も、夏場には珍しく、ここ数日、夕刻まで槌《つち》を打ち続けている。しかしあれしきの仕事量でまいってしまうやわな身体ではなかったはずだ。

「歳を取ったということか……」

能島《のじま》六郎は土間の三和土《たたき》に腰を下ろして、自分の口から洩《も》れたいまいましい言葉を吐き出すように息を吹いた。今日の仕事がようやく終わり、彼はいささか疲労感をおぼえていた。やがて、彼は立ち上がると奥の土間へ行き、棚から酒瓶を取り、グラスに酒を注いで一気に飲み干した。腹の底から熱いものがこみあげてくるとようやく汗が勢い良く流れ出した。

彼は空になったグラスにもう一杯酒を注ぎ、それを手に裏庭に出た。まだ空には陽《ひ》の気配がわずかに残っていた。独り暮らしの老人にとって仕事終わりにこうしてやる一杯が何よりの楽しみだった。洗い場の石の台座に座って、酒を零《こぼ》さぬようにグラスに口を近づけようとした時、庭の右手、朝顔を植えた生垣の方角から物音がした。彼はグラスから口を離し、音のした方に目をやった。低い垣根戸のむこうに頭だけがのぞいて誰かが立っていた。

「……す、すみません」

子供だった。少年か少女かはよくわからない。

子供が苦手だった。所帯を持ったことがないから、子供とどう接してよいのかわからなかった。子供の手にふれようものなら大火傷《やけど》をしてしまう鍛冶屋に近所の母親も子供を近づけないようにしていたし、夏、冬かまわず上半身裸で仕事をしている仕事場を女、子供が避けるのは当り前のことだった。その上鍛冶屋は昔から仕事場に女が入ることを忌み嫌った。この地方に残る鉄造りの神である金屋子神《かなやごかみ》は女神なので彼女が女を嫌うという言い伝えがあると親方から聞かされたことがあった。

「誰だ」

彼は野太い声で言った。

木戸がゆっくりと開き、一人の少年が様子をうかがいながら庭に入ってきた。

「何だ」

「お願いがあってきました」

「わしにか？　わしは鍛冶屋だぞ」

「はい、知っています。昨日も、今日も一日仕事を見ていました」

そう言えば数日前から表から仕事場をのぞいているちいさな人影があった。

あの人影はこの少年だったのか。

「何の頼みだ」

「あなたの仕事を近くで見させてもらえませんか」

「何のためにだ」

「どんな仕事か見てみたいんです」

「見てどうするんだ」

六郎は自分の意志とは別に少年に対する話し方がぶっきら棒になるのを感じていた。

「………」

少年は臆してしまったのか黙っていた。

「見てどうするというんだ」

知らぬうちに声が大きくなっていた。

少年が六郎の声にあとずさった。顔がこわばっていた。いけないと思った。

「済まん。声が大きいのは地声だ。おまえを脅《おど》かそうと思ってのことではない。わしの仕事を見てどうするんだ」

六郎はできる限りやさしくきいた。

「鍛冶屋さんになりたいと思っています」

「………」

一瞬、少年が何を言ったのか六郎にはわからなかった。

「今、何と言うた」

「鍛冶屋さんの仕事が好きです。できるならぼくは鍛冶屋さんになりたいんです」

「………」

六郎は何と答えてよいものかわからず少年の真意をうかがうように顔を見返した。すでに陽《ひ》は落ちて周囲は薄暗かったが真剣な少年の表情は六郎にもはっきりと見てとれた。

翌日、朝早くから少年はやってきた。

夏の休みとはいえ、早朝から少年は凛《りん》とした顔をしていた。

六郎の鍛冶屋は一人きりの仕事場だったから見学するような場所はなかった。彼は道具棚を奥に寄せ、そこに林檎《りんご》箱をひとつ置いて少年を座らせた。

妙な気分だった。仕事先の人間が仕上り具合いを見にくる以外、この鍛冶場に人が入ることはなかった。しかも相手は子供だった。初めのうち六郎は仕事の段取りがぎくしゃくしたが、火をおこし、鋼《はがね》を入れるとすぐに仕事に没頭した。鍛冶は熱い鋼とむき合う仕事だからいっときでも気がゆるむことは許されない。定められた温度でしか鋼は六郎の言うことをきかない。鍛冶の気持ちが歪《ゆが》めば鋼も歪む。鍛冶の仕事が粗ければ鋼も粗いままになる。

翌日も少年は仕事場にやってきた。

朝の挨拶もきちんとできるし、帰る折も礼をしっかりと言えた。感心な子だ、と思った。

三日目の昼時、六郎は少年にきいた。

「昼飯は家まで帰って食べているのか」

少年は、近くのパン屋でパンを買って食べている、と返答した。

「家で家族の者が食事の用意をして待っとるんじゃないのか」

「家族は母さんと二人で、母さんは働きに出ていますから……」

「……そうか、なら今日の昼飯はここで食べろ」

「いいえ、けっこうです」

「遠慮せんでいい。賄《まかな》いの婆さんがつくる料理だ。一人分も二人分も同じじゃ」

もう二十年近く六郎の賄いをしてくれているトヨが丁寧に挨拶する少年を見て目を丸くした。少年の食事を摂《と》る様子を見ていて、六郎は躾《しつけ》のいい子だ、と思った。

トヨの剝《む》いてくれた梨を食べながら六郎は少年と話をした。

「坊は名前は何という」

「由川《よしかわ》浩太です」

「歳はいくつじゃ」

「十二歳です」

――十二歳か……、わしが親方の下に修業に行ったのは十三歳の時だった……。

山村の農家の六男で生まれた六郎は親方の下に預けられた時、右も左もわからず毎晩泣いていた。そんな自分の子供の時と比べると少年は落着いて見えたし、何かをけなげに耐えているようにさえ思えた。

明日で夏休みが終わるという日、六郎は浩太に初めて鍛冶の仕事を簡単に教えてやった。聡明な少年だった。七日ばかりの見学で浩太は鍛冶の鋼《はがね》と熱の関係の大半を理解していた。火の中から赤く熱された鋼を出すと浩太が目をかがやかせた。焼付けをくり返してみせると頬を赤く染めて見守っていた。

時折、感嘆したように、ワーッと声を洩《も》らした。その時、六郎は浩太の右目が傷を受けてほとんど見えていないことを知った。

その日の夕刻、六郎は浩太を連れて三業地《さんぎょうち》にある食堂に行った。六郎にすれば、少年が鍛冶屋になりたいと言い出したのは少年期によくある気まぐれで、汽車を目にすれば機関士になりたいと言うような、たわいもないことだと思っていた。夏休みが終わって学校に通いはじめれば浩太は鍛冶屋のことも自分のことも忘れてしまうだろう。

玉子丼を美味しそうに食べる浩太に六郎はきいた。

「どうじゃ、鍛冶屋の仕事も毎日見ていると同じことのくり返しでつまらんもんじゃろうが」

「いいえ、鋼《はがね》は毎日違ってるし、同じものは何ひとつありませんでした。ぼくが思っていたとおり親方の仕事は素晴らしいものです」

浩太が六郎を親方と呼びはじめたのは賄婦《まかないふ》のトヨやたまにやってくる客が六郎をそう呼ぶのを聞いたからだった。

「そうか鍛冶屋の仕事は面白かったか」

「面白いのではなく、立派な仕事です」

はっきりした口調で言って浩太は六郎をまぶしそうに見た。

澄んだ瞳で見つめられると六郎は妙な気持ちになった。

「ぼくは中学に行かずに親方のところに行きたいと思います」

「そうか……」

六郎は笑いながらビールを飲み干したが、少年のけなげさに触れる度、胸の中が熱くなっていた。


二人は杉林の間に連なる径《みち》を歩いていた。

時折、二人のすぐそばから鳥がせわしない声を上げて飛び立つことがあった。最初、浩太は鳥の飛翔に驚いて六郎にしがみついてきた。

「ハッハハ、大丈夫じゃて。びっくりしとるのは鳥の方じゃ」

笑ってそう言っても浩太は六郎の手をつかんだまま離さなかった。その姿がそのまま五十数年前親方とこの径を歩いた自分であることに六郎は気付いた。当時に比べて山径は整備されているが、今日、六郎が浩太を連れて行く場所までのルートはほとんど同じだった。

杉林を抜けると、そこからはしばらく雑木林が続いた。沢の径は下り坂になっていてかすかに谷を流れる渓流の水音が聞こえた。

前を歩く浩太がわずかに首をかしげている。

水音が聞こえたのだろう。浩太が六郎を振りむいた。

「そうじゃ、もうすぐ川にぶつかる。川にかかる橋を渡れば青煙の麓《ふもと》まではすぐじゃ」

しばらくすると丸太橋が見えた。

三日前まで続いていた雨のせいか橋の下を流れる渓流には勢いがあった。浩太は激しい音を立てて岩間を流れる川を見ていた。

「大丈夫じゃ。さあ手を貸せ」

六郎は浩太の手を取り、ゆっくりと丸太橋を渡りはじめた。

「下を見ずに足元をしっかりたしかめて歩けばいい」

六郎の手を握りしめた浩太の握力で、必死に橋を渡ろうとする気持ちが伝わってきた。橋を渡りすすき野を過ぎると、一条の白煙が空に昇って行くのが見え、そこにちいさな畑があり、民家が二軒並んでいた。庭に干された洗濯物が冬の陽《ひ》に光っていた。煙りの立つそばに一人の老婆の姿が見えた。六郎は老婆に歩み寄り挨拶をすると青煙の頂きを指さして何事かを尋ねていた。

「さあ、もうすぐ昼飯じゃ。あの左手の山径《やまみち》を少し登って裏手まで行くと滝がある。そこで食べようぞ。途中、神社に寄ってお参りをするぞ」

「はい」

浩太の歩調が先刻より早くなった。

歩きながら浩太が六郎に言った。

「あの家のおばあさん、ぼくのおばあさんにとてもよく似ていました」

「ほう、坊のばあさまは達者なのかや」

「はい。四国の城川という山の中に住んでいます。そこは母さんの生まれた家があるそうです」

「時々は逢うのか」

「いいえ、ちいさい頃に父さんの法事で逢ったのが最後です。元気にしていると母さんから聞いています」

「そうか、それは何よりじゃの」

「はい」

やがて前方に神社の鳥居と本殿に続く石段が見えてきた。

六郎は前を歩く浩太の背中を見ながら、これまで彼が亡くなった父親や姉の話をする時に感情を顔に出さないことを不思議に思っていた。だがそれは浩太がつとめてこころがけていることだとわかった。冷静に話しているつもりでも、やはり子供であった。浩太の幼年時代にどんなことがあったかを六郎はひょんなことから知った。

学校が始まってからも浩太は六郎の仕事場に毎日やってきた。

六郎は浩太のために、それまでは午後のおやつ時の茶と煙草《タバコ》の一服をトヨに言って、饅頭《まんじゅう》や菓子にしてもらった。トヨも浩太と逢うのを孫の顔を見るように楽しみにしていた。

「鍛冶屋になりたいなんて嬉しいことを言う子だよね」

「子供の気まぐれだ。誰も本気にしちゃおらん」

「それでも可愛いじゃないか。ああやって毎日遊びにくるもんだから勉強の方はさっぱりなのかと思っていたら、あの子、学年で一番の成績らしいよ」

「そうだろうな。あの子はかしこい子だ。わしは逢った時からわかっとった」

六郎はそう言いながら浩太のことを誉《ほ》められると妙に嬉しくなった。

「それにあの子は可哀相な身の上なのよ。あの子の母親はさ……」

あちこちの商家や寄り合いに顔を出すトヨは浩太の家の事情をいつの間にか知っていた。

トヨの話では、九年前の秋、中国、四国地方に大型台風が上陸し多くの犠牲者を出した折、四国の宇和島も台風の上陸と海の満潮時が重なり堤防が決壊し大勢の人が亡くなった。その犠牲者の中に浩太の父親と姉がいた。母と浩太は父親の親戚がいるこの町に移り住み、母は女手ひとつで浩太を育てていた。

「それは良く働くって評判の人でさ。朝は一番で駅で弁当を売って、それから駅前食堂の炊事場で夕刻まで働いて、夜は夜で三業地《さんぎょうち》の料理屋で仲居をしているんだって……」

「その親戚というのは何をしているんだ」

「なんでも亡くなったご主人の従兄弟《いとこ》にあたる人で紡績工場の主任をしている人ですって」

「ならその人が母子の面倒をみてはくれないのか」

「そうはいかないんじゃないの。親戚と言っても血はつながってるわけじゃないし、女手ひとつで育てようとしてるあの子の母親の気持ちはわかるわ」

「そんなものか……」

その母親が六郎の仕事場に挨拶にあらわれたのは十月の初旬のことだった。着物を着た小柄な女で、いかにもよく働きそうながっしりとした体軀《たいく》をしていた。

「初めまして私、由川《よしかわ》タエコと申します。浩太の母でございます。この夏の間から息子がこちらさまで何かとお世話になっているそうで、早くにご挨拶をと思っておりましたんですが、こんなに遅くなりまして……」

母親はそう言って深々と六郎に頭を下げた。

「礼を言われるようなことをわしは何もしていません。ご覧のとおり、時代遅れの鍛冶屋を一人で細々とやっておる老人です。息子さんがたまに遊びにきてくれるのは年寄りの気持ちをなぐさめてくれとります。礼を言いたいのはわしの方です」

「そうなんですか……」

母親は少し口ごもってから話し出した。

「実は息子のことで少し困ったことがございまして……」

六郎は何の話かと母親の顔を見返した。

「実は息子があなたさまの仕事を継ぎたいと申しまして、中学校に進むつもりもないと言い出したんです。勿論《もちろん》、中学は今、義務教育になっておりますから進学しないわけにはいきません。それでも息子はかたくなにあなたさまの仕事を継ぐと申してききません。どうかあなたさまからもあきらめるように話していただけませんでしょうか。こちらには跡を継ぐ方はいらっしゃらないのですか」

思わぬ話が母親の口から出て六郎は顔をしかめた。

「由川さん、それは何かの誤解じゃ。わしはあなたの息子さんに、わしの仕事を継いで欲しいと言うたことは一度もありません」

「そうなんですか……」

母親の納得できない顔を見て六郎は腹が立った。

「帰ってくれ。帰って息子さんに話してくれ。ここに二度とくるなとな」

母親は六郎の剣幕に驚いて、あわてて立ち去った。六郎は母親が置いていった菓子箱を表に叩《たた》き投げた。

翌夕、雨の中を浩太はあらわれた。

六郎は浩太を無視して仕事を続けた。トヨがやってきて軒下に立っている浩太を見つけて中に入るように言った。六郎は怒鳴り声を上げた。

「そいつをこの仕事場に入れるんじゃない。わしのこの声なら聞こえるだろうから言っておく。二度とここにくるんじゃない。ここはわしの神聖な仕事場じゃ。鍛冶屋は神様がわしに下さった仕事じゃ。どんな職業にも恥じることのない仕事場と仕事じゃ。それをけなす者はたとえ誰であっても許さん」

トヨは初めて目にした六郎の激昂《げきこう》した姿に身をすくめた。

浩太は肩を震わせて泣いていた。六郎は槌《つち》を振り下ろし続けていた。

神殿に続く階段を上りながら、六郎はあの時のことを思い出し、自分でも大人げないことをしてしまったと苦笑いをした。

「親方、ここは何という神社なんですか」

「金屋子神《かなやごかみ》さんが祀《まつ》ってある神社じゃ」

「かなやごさん？」

「そうじゃ、ほれ、あそこに書いてあろう。坊は勉強ができるから読めるじゃろう。かなやごさんは鉄を造る神さまじゃ」

浩太は社の上方に掲げてある古い文字を読んでいた。〝金屋子神〟と記してある。

「わしが坊と同じ歳の頃、わしの親方がここに連れてきてくれて、ここで立派な鍛冶職人になれますようにと祈ってくれた。そうして生涯無事に鍛冶の仕事をやり通せたら、その時にまた礼を言いにこいと教えられた……」

「ふうーん、鍛冶屋の神様がちゃんといるんですね」

そう言って浩太は本殿にむかって両手を合わせ神妙な顔をして目を閉じた。

六郎も浩太の横に並んで手を合わせた。

「鍛冶屋さんは皆この神様に守ってもらっているのですか」

「他の土地の鍛冶職人がそうしとるかは知らんが、この地方では鍛冶職人はかなやごさんを大切にしとる。人の力でできることなどたいしたことではないからのう」

「そうなのですか……」

「いや、そう親方がわしにここで言うた。その言葉の意味がこの歳になって少しわかった気もする」

六郎はそう言って、頭をかきながら本殿を見直した。

五十数年前に親方と並んで見た折の、あのひんやりとした風が抜けていくような本殿の印象はそのままだった。

――わしは何も成長しておらんということかもしれんな……。

六郎は胸の奥でつぶやいてから、隣りで本殿を見上げている浩太の横顔を見た。

二人は参拝を済ませると、神社を出て山径《やまみち》に入った。ほどなく地面を揺らすような水音が聞こえてきた。真砂《まさご》の滝の水音だった。

常緑樹が隧道《すいどう》のようになった山径を抜けると急に視界がひらけて、そこに霧のような水煙がかかっていた。冬の陽《ひ》に水煙はきらきらとかがやき大きな光輪が浮かび上がっていた。その光輪のむこうに数段にわたって水を落とす真砂の滝が見えた。

ワァーッと浩太が声を上げた。走り出そうとする浩太に六郎が声をかけた。

「走ってはならんぞ。足元は苔《こけ》が生えて滑るでな」

六郎は浩太と並んで真砂の滝を仰ぎ見た。

耳の底から親方の声が聞こえた。

『ロク、この水が鍛冶の神様や。よう覚えとくんや』

やさしい声だった。六郎は親方にそう言われた日がつい昨日のように思えた。

二人は滝の中段と同じ高さの岩場に腰を下ろしてトヨがこしらえた弁当を食べはじめた。山径を歩き続けたせいか、浩太はよほど腹が空いていたとみえて勢い良く弁当を平らげていく。

六郎は先刻、神社で手を合わせていた浩太の姿を思い出していた。浩太は金屋子《かなやご》の神様に何を祈ったのだろうか。もし浩太が金屋子の神様に自分も立派な鍛冶職人になれるように祈っていたとしたら、六郎が今日、浩太に話して聞かせようとしていることを彼は聞き入れてくれない気がした。浩太を説得してくれと担任の先生から頼まれ、それを承諾した六郎が浩太に対して説得とはまったく逆の行動をしている。六郎はどうしたものかと滝壺《たきつぼ》を見た。

須崎という名前の若い男性教師の顔が滝壺の水面に浮かんだ。

十二月になったばかりの夕暮れ、須崎は六郎の鍛冶場に訪ねてくると、仕事場をぐるりと見回して懐かしそうに言った。

「いや懐かしいですね。私、生まれ育ったのが出雲《いずも》の佐田町という山の中でしてね。そこに山村の鍛冶屋が一軒あって、職人さんが一人で毎日金槌《かなづち》を打っていたんです。私、子供の時分、その仕事を見るのが好きで、一日中眺めていました。山で働く人には必要ないろんな道具をこしらえていたんですよ」

「ああ、知っておる。わしの兄弟弟子の一人が山鍛冶職人になったからの。あんたは浩太の担任の先生ですか。あんたがわしの所に来なさった用件はわかっています」

「いや能島さん、違うんです。私は浩太君に鍛冶屋になる夢を捨てろとは一度も言っていません。鍛冶屋さんはいい仕事だと言いました。鍛冶屋は人間が最初に作った職業のひとつだと教えたんです。浩太君が鍛冶屋になりたいと言い出したのは私のせいでもあるんです……ですから私の話を聞いてもらいたいんです。浩太君は能島さんの話なら耳を傾けてくれます。あなたのことを本当に尊敬しているんです」

須崎という教師の話には説得力があった。

その翌日、須崎に連れられて浩太の母が神妙な顔をしてあらわれ、先日の非礼を詫《わ》び、息子を説得して欲しいと頼みにきた。

「ともかく話してみましょう」

六郎は二人に約束した。

承諾はしたものの、口下手な六郎の説得をあの純粋無垢《むく》な浩太が聞き入れてくれるとは思えなかった。進学した方がおまえのためだと話せば話すほど浩太は自分に裏切られたと思うに違いない。

六郎は考えた。妙案など浮かぶはずはなかった。考えた末、六郎が出した答えは彼がかつて少年の時、親方が彼に鍛冶職人がいかに素晴らしい職業かを教えてくれた、あの山径《やまみち》に二人で出かけ、親方が言ったことと同じ話をしてみようということだった。それは説得とはまったく逆の話なのだが、六郎は自分ができる唯一の方法だと思った。

昼食を終えて二人は岩の上で少し昼寝をした。

六郎は眠れなかった。胸元で浩太の寝息が聞こえた。

六郎の胸の上に浩太のちいさな指がかかっている。いつかこの指が大人の男の指になるのだろうと思った。その時は自分はこの世にいない。浩太がどんな大人になるか見てみたい気がする。六郎は独りで生きてきたことを少し後悔した。

——いや、そのかわりにこの子に逢えた。

親方の言葉がまた聞こえてきた。

『玉鋼《たまはがね》と同じもんがおまえの身体の中にもある。玉鋼のようにいろんなもんが集まって一人前になるもんじゃ。鍛冶の仕事には何ひとつ無駄なもんはない。とにかく丁寧に仕事をやっていけ』

親方の言葉が耳の底に響いた。

玉鋼《たまはがね》は鋼の最上のものである。ちいさな砂鉄をひとつひとつ集めて玉鋼は生まれる。親方はちいさなものをおろそかにせずひとつひとつ集めたものが一番強いということを少年の六郎に言って聞かせた。その時は親方の話の意味がよくわからなかった。それが十年、二十年、三十年と続けて行くうちに理解できるようになった。一日一日も砂鉄のようなものだったのかもしれない……。

浩太が目を覚ました。

「浩太、鋼は何からできるか知っとるや」

「鉄鉱石」

「そうじゃ。他には」

浩太が首をかしげた。

「ならそれを見せてやろう。靴を脱いで裸足《はだし》になれ」

六郎は浩太を連れて滝壺《たきつぼ》の脇の流れがゆるやかな水に膝まで入り、底の砂を両手で掬《すく》い上げた。そうして両手を器のようにして砂を洗い出した。浩太は六郎の大きな手の中の砂をのぞきこんでいる。やがて六郎の手の中にきらきらと光る粒が残った。六郎はその光る粒を指先につまんで浩太に見せた。

「これが砂鉄じゃ。この砂鉄を集めて火の中に入れてやると鋼ができる」

「ぼくにも見つけられますか」

「ああできるとも。やってみろ」

浩太はズボンが濡れるのもかまわず水の中から砂を掬い上げると両手の中で洗うようにした。浩太のちいさな手に砂鉄が数粒残った。

「あった、あった。砂鉄があった」

浩太が嬉しそうに声を上げ、六郎を見返した。

「それは真砂《まさご》砂鉄と言う一等上等な砂鉄じゃ。このあたりにしかない。かなやごさんがこの土地に下さったもんじゃ。その砂鉄をあの岩ほど集めて、これだけの玉鋼《たまはがね》ができる」

六郎は先刻まで二人が座っていた大岩を指さし、両手で鋼の大きさを教えた。

「あの岩ほど集めて、それだけの鋼しか取れないんですか」

「そうじゃ。そのかわり鋼を鍛えて刀に仕上げればどんなものより強い刀ができる。どんなに強い刀も、この砂鉄の一粒が生んどる」

「なら砂鉄が一番大事なものですね」

「そうじゃ。砂鉄はひとつひとつはちいさいが集まれば大きな力になる。この砂鉄と同じもんが、浩太の身体の中にある」

「ぼくの身体の中に……」

「どんなに大変そうに見えるもんでも、今はすぐにできんでもひとつひとつ丁寧に集めていけばいつか必ずできるようになる。わしの親方がそう言うた」

「ぼくも、ぼくの親方のようにいつかなれるんですね」

「……」

六郎は浩太の言葉に口ごもった。

「浩太、わしだけがおまえの親方ではない」

「どうしてですか。ぼくの親方はあなただけです。親方だけです」

浩太の顔が半べそをかきそうになっていた。六郎は浩太の頭を撫《な》でた。

二人は滝を離れると、青煙の中腹まで登った。そこから中国山地の美しい眺望をひとしきり眺めて下山した。

登山口のバス停で二人は並んでバスを待った。六郎はバスのくる方角を見ていた。

「親方、今日はありがとうございます」

浩太がぽつりと言ってお辞儀をした。

「どうしたんじゃ急に、礼なぞ水臭い」

六郎はうつむいている浩太を見て、思い出したようにポケットの中を探った。そうしてちいさな石を浩太に差し出した。

「滝のそばで拾うた。みやげに持って行け」

それは鉄鉱石だった。浩太は石をじっと見ていた。

「いつかおまえが大きゅうなったら、この山をもう一度登るとええ。そん時は誰かを連れて行って、あの滝を見せてやれ。山も滝もずっと待ってくれとる。きっとおまえは……」

六郎が言いかける前に浩太が六郎の胸に飛び込んできた。嗚咽《おえつ》が聞こえた。しがみついた手が震えていた。オ、ヤ、カ、タ……。途切れ途切れに声が聞こえた。

——この子は今日の山登りを何のためにしたのか、初めっからわかっていたのかもしれん。

そう思うと泣きじゃくる浩太の背中のふくらみがいとおしく思えた。

昭和三十年一月。

その年の松の内が明けたばかりの昼前、賄婦《まかないふ》のトヨがいつものように鍛冶屋に入ると、鍛冶場に火が入っていなかった。

どうしたのかと奥の土間に行くと、竈《かまど》の脇の水甕《みずがめ》の前に六郎が蹲《うずくま》るようにして倒れていた。トヨが声をかけても返答はなかった。六郎の手のそばに柄《ひ》杓《しゃく》が転がっていた。静かな死であった。

郵便はがき

料金受取人払郵便

牛込局承認

3094

差出有効期間
2021年1月9日
切手はいりません

162-8790

東京都新宿区
早稲田鶴巻町551-4

あすなろ書房
愛読者係　行

■ご愛読いただきありがとうございます。■
小社のホームページをぜひ、ご覧ください。新刊案内や、話題書のことなど、楽しい情報が満載です。
本のご購入もできます➡http://www.asunaroshobo.co.jp
（上記アドレスを入力しなくても「あすなろ書房」で検索すれば、すぐに表示されます。）

■今後の本づくりのためのアンケートにご協力をお願いします。
お客様の個人情報は、今後の本づくりの参考にさせて頂く以外には使用いたしません。下記にご記入の上（裏面もございます）切手を貼らずにご投函ください。

フリガナ お名前	男・女	年齢　　　歳
ご住所　〒		お子様・お孫様の年　　　歳
e-mail アドレス		
●ご職業　1主婦　2会社員　3公務員・団体職員　4教師　5幼稚園教員・保育士　6小学生　7中学生　8学生　9医師　10無職　11その他（　　　）		

※引き続き、裏面もご記入ください。

● この本の書名（　　　　　　　　　　　　　　　　　　　　　　　　　）
● この本を何でお知りになりましたか？
1 書店で見て　2 新聞広告（　　　　　　　　　　　　　　　新聞）
3 雑誌広告（誌名　　　　　　　　　　　　　　　　　　　　）
4 新聞・雑誌での紹介（紙・誌名　　　　　　　　　　　　　）
5 知人の紹介　6 小社ホームページ　7 小社以外のホームページ
8 図書館で見て　9 本に入っていたカタログ　10 プレゼントされて
11 その他（　　　　　　　　　　　　　　　　　　　　　　　）
● 本書のご購入を決めた理由は何でしたか（複数回答可）
1 書名にひかれた　2 表紙デザインにひかれた　3 オビの言葉にひかれた
4 ポップ（書店店頭設置のカード）の言葉にひかれた
5 まえがき・あとがきを読んで
6 広告を見て（広告の種類〈誌名など〉　　　　　　　　　　）
7 書評を読んで　8 知人のすすめ
9 その他（　　　　　　　　　　　　　　　　　　　　　　　）
● 子どもの本でこういう本がほしいというものはありますか？
（　　　　　　　　　　　　　　　　　　　　　　　）

● 子どもの本をどの位のペースで購入されますか？
1 一年間に10冊以上　2 一年間に5〜9冊
3 一年間に1〜4冊　4 その他（　　　　　）
● この本のご意見・ご感想をお聞かせください。

※ご協力ありがとうございました。ご感想を小社のPRに使用させていただいてもよろしいでしょうか　（1 YES　2 NO　3 匿名ならYES）
※小社の新刊案内などのお知らせをE-mailで送信させていただいてもよろしいでしょうか　（1 YES　2 NO）

平成×年十二月。

一機の旅客機が新潟空港から福岡空港にむけ飛び立った。

地方路線のしかも平日のフライトであったから搭乗した客はまばらだった。

一人の青年が緊張した面持ちで前方のシートに座っていた。青年は佐藤邦夫、今春、日本最大の製鉄会社であるN製鉄の秘書部に配属されていた。彼の目は飛行機が上昇し、水平飛行に入ってから一人の老人に注がれていた。老人は佐藤の座席の通路を隔てた窓側の席から眼下をじっと眺めていた。

老人の名前は由川《よしかわ》浩太。今春、N製鉄会長を退いたばかりのN製鉄顧問である。昭和の大統合と言われたY製鉄とK製鋼の合併の立役者であり、戦後日本の鉄鋼業界が迎えた危機にさいし、それを救ってきた男で〝鉄の番人〟と呼ばれる伝説の人物だった。

今回の出張は由川顧問が新潟・弥彦にN製鉄の顧問であった人の墓参に出

かけたものだったが、秘書室長が風邪を引き高熱のため急遽《きゅうきょ》新人の佐藤が同行することになった。社長時代の由川の仕事に対する厳しさを先輩社員から聞かされていたから佐藤はひどく緊張して今回の出張に同行した。

昨日の早朝、新幹線で燕三条《つばめさんじょう》に行き、車で弥彦にむかい墓参を済ませた。顧問の希望で弥彦山に登り、佐藤は晴天の下にひろがる日本海の美しい眺望を目にした。

顧問は目の前にひろがる群青《ぐんじょう》の海をじっと見つめていた。何か物思いに耽《ふけ》るような表情だった。その時、一機の飛行機が上空を通過するのを顧問がじっと見上げ、あれはどこへ行く旅客機ですか、ときかれた。子供の時から飛行機が好きだった佐藤は即座にみっつの路線の飛行機を答えた。顧問は感心したように青年の顔を見返し、新潟から出発する機の飛行ルートを尋ねた。佐藤が日本海沿いに飛行するルートを答えると、顧問はしばらく黙した後、空を見つめて、明日も晴天のようですね、と言い、今夜は新潟に宿泊し、その飛行機に乗りたいので手配してもらいたいと言った。佐藤は突然の要望に驚き、顧問のスケジュールを見直し、明後日、大阪でパーティーに出席のスケジュールがあると言った。顧問はそれを承知していたので、本社に連絡し、その旨を報告した。それを聞いた秘書室長はこれまでに急なスケジュールの変更をすることがほとんどなかった顧問の要望にあわてて、何の理由で九州に行くのかをきくように言った。新潟のホテルで夕食を一緒に摂《と》っている時、佐藤は九州行きの目的を尋ねた。顧問は笑って、××がきくように言ったのか、と秘書室長の名前を出し、極めて個人的理由であると言っておきたい、と素気《そっけ》なく言われた。

飛行機が大山《だいせん》を越えたあたりから顧問の背中がふくらんだように思えた。身を乗り出すようにして眼下を見つめていた。

昨夕、食事の時、明日乗る飛行機の飛行ルートをもう一度きかれた。佐藤はその夜、航空会社に勤める大学の友人に詳しい飛行ルートを確認し、今朝、顧問に報告した。よく調べてくれたね、ありがとう、と頭を下げられた。そんな顧問の姿を見るのは初めてだった。

——何を見ておられるのだろうか?

佐藤が隣りの席を予約した時も顧問から飛行機の中では一人にしてくれと言われた。

先刻、飲み物の注文をききにきたスチュワーデスも無視して窓の外を見ていた。

佐藤は顧問は何かを探しておられるのだと思った。彼は何か手助けができないものかと思い、スチュワーデスを呼んでジュースを持ってきてもらい、それを手に顧問に近づいた。近づこうとして佐藤は立ち止まった。顧問の目が涙ぐんでいるように映った。佐藤に気付いて顧問が振りむいた。

「何かお探しでしたら機長にきいてまいりましょうか」

「いや、もう用は済みました」

そう言って顧問は佐藤の手からジュースを受け取り、それを口にした。顧問が隣りのシートに座るようにうながした。

「それはようございました。何を見ておられたのですか」

「………」

顧問は返答しなかった。

佐藤は、極めて個人的、という言葉を思い出し、自分がいらぬことを口にしたのを後悔した。

「……君は鍛冶屋を知っているかね」

「はっ？　あの鍛冶職人の鍛冶屋ですか。見たことはありませんが」

「昔、一人の鍛冶屋がいましてね。その人に私は人生の大切なことをすべて教わりました。その人と二人で登った山を見てみたかったのです。今朝の飛行ルートの詳細をいただいて感謝しています。九州に着いたらすぐに大阪に入ります」

「承知しました」

「佐藤くん、君は金屋子神《かなやごかみ》さんを知っていますか」

「はい。たたら製作を司《つかさど》る神ですね。入社の折に学びました」

「そうですか。私たちの仕事は神に見守られている誇るべき仕事ですから、これからもしっかり働いて下さい」

顧問に言われて佐藤は身を正して頭を下げた。

飛行機が高度を下げはじめた。

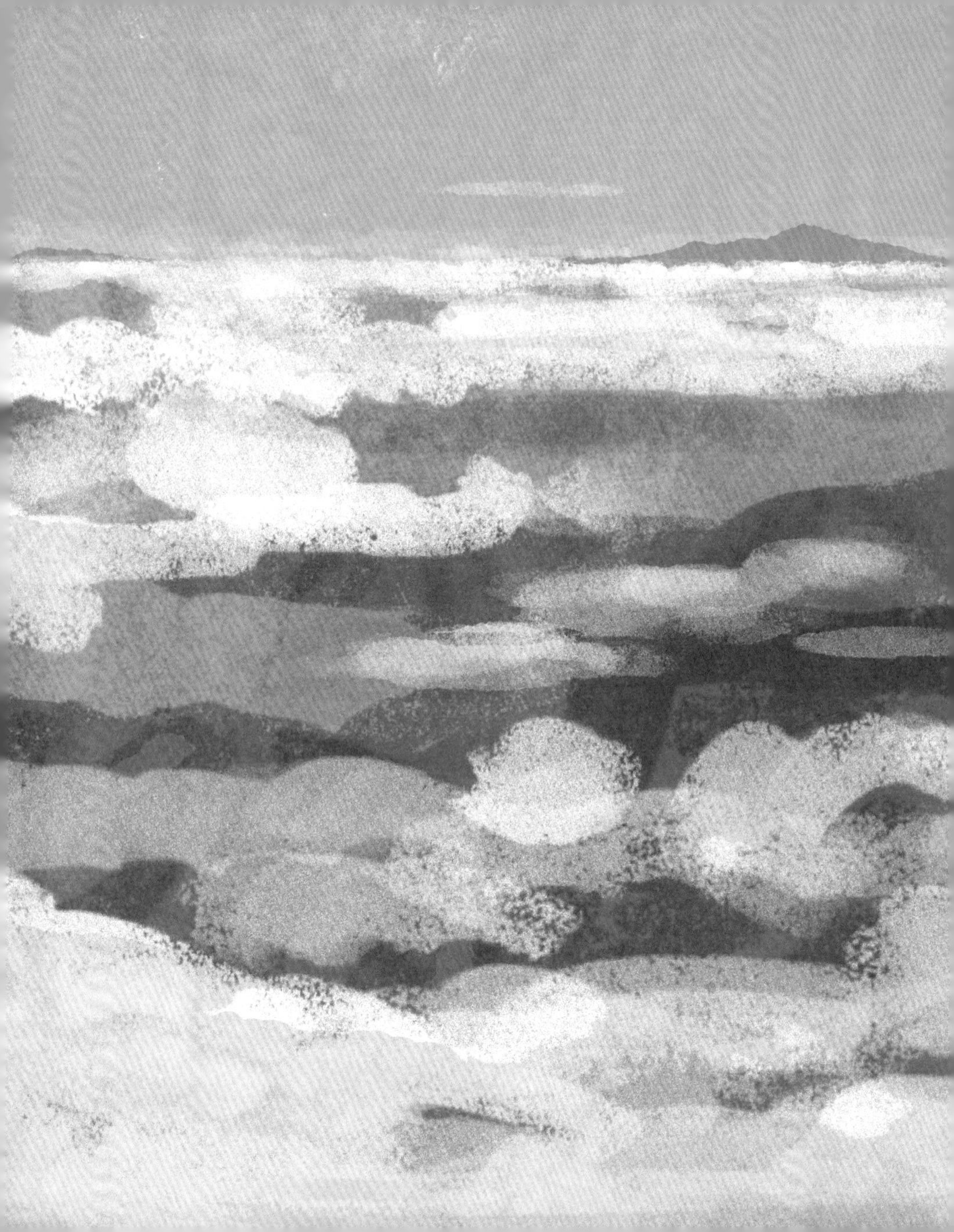

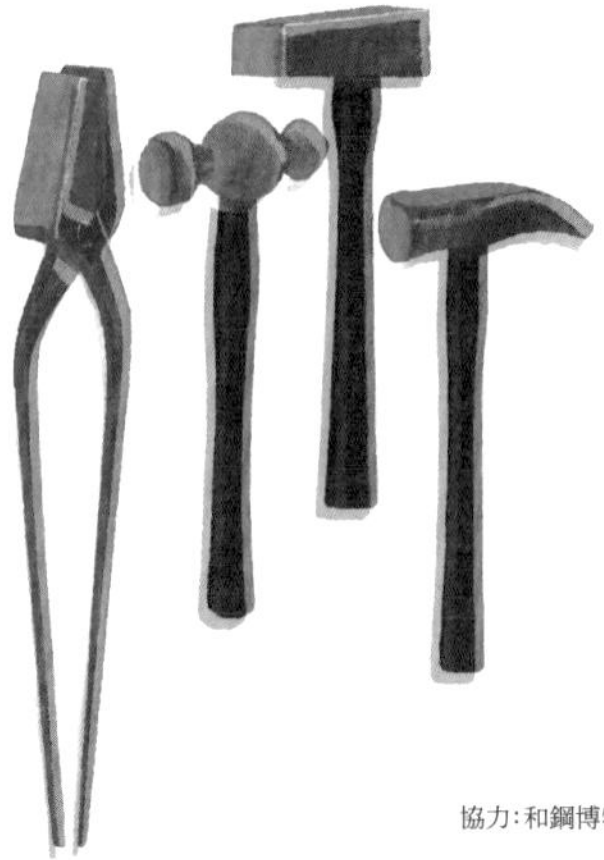

協力：和鋼博物館

親方と神様

2020年2月25日　初版発行

著者　伊集院 静
発行者　山浦真一
発行所　あすなろ書房
〒162-0041 東京都新宿区早稲田鶴巻町551-4
電話 03-3203-3350（代表）
印刷所　佐久印刷所
製本所　ナショナル製本

ISBN978-4-7515-2945-4 NDC933 Printed in Japan

この作品は『少年譜』（2009年／文藝春秋）に収められた「親方と神様」を単行本化したものです。